EL BARCO  DE VAPOR

Marlene y el taxizapato

Mariasun Landa

Ilustraciones de Elena Odriozola

Esta obra ha sido publicada con la ayuda de la Dirección General del Libro, Archivos y Bibliotecas del Ministerio de Educación, Cultura y Deporte

Primera edición: julio 2002
Segunda edición: mayo 2003

Colección dirigida por Marinella Terzi

© del texto: Mariasun Landa
© de las ilustraciones: Elena Odriozola
© Ediciones SM, 2002
   Joaquín Turina, 39 - 28044 Madrid

Comercializa: CESMA, SA - Aguacate, 43 - 28044 Madrid

ISBN: 84-348-9004-6
Depósito legal: M-20946-2003
Preimpresión: Grafilia, SL
Impreso en España / *Printed in Spain*

No está permitida la reproducción total o parcial de este libro, ni su tratamiento informático, ni la transmisión de ninguna forma o por cualquier medio, ya sea electrónico, mecánico, por fotocopia, por registro u otros métodos, sin el permiso previo y por escrito de los titulares del *copyright*.

1 La Luna y la calle sin nombre

Una noche, la Luna posó su mirada en una calle, un lugar perdido de una ciudad de la Tierra, y observó a una gata. Vieja y enclenque, se paseaba por la calle con la cabeza muy erguida.

Y aquello le interesó.

La Luna observó otra cosa en aquella calle: un viejo zapato. El zapato, sucio y estropeado, tenía escrito TAXI en el talón.

Y aquello le interesó aún más.

La gata solitaria se metió dentro del

zapato, y los dos emprendieron un viaje a pasitos pequeños por la calle.

«¡Vaya, vaya! ¡Aquí hay una historia!», pensó la Luna. Y quiso saber el nombre de la calle donde estaba ocurriendo aquello. No lo encontró.

Una calle sin nombre es una calle en la que nadie quiere vivir. Quizá algún día alguien construyó casas, abrió tiendas, plantó unos árboles... Pero como ya nadie recuerda su nombre, es como si no existiera.

«Todo lo que queremos tiene un nombre, es algo bastante triste no tener nombre, que nadie te quiera», reflexionó la Luna para sus adentros.

Y miró más detenidamente hacia aquel lugar donde un zapato maltratado por la vida transportaba a una gata vieja y altiva. La Luna ya sabía que en

las calles sin nombre las casas están medio derruidas o han sido abandonadas. Las tiendas, las cafeterías o los bancos conservan quizá sus rótulos, pero están vacíos. Las raíces de los árboles han levantado las aceras, las farolas están rotas, y hace tiempo que ya no pasa por allí ningún autobús, ni ningún coche. En los patios de las escuelas crecen hierbajos.

Pero lo que también sabía la Luna era que en las calles sin nombre pasan muchas cosas. Hay que estar muy atentos y tener muy buena vista, porque por la noche sus habitantes salen de sus escondrijos y ocurren historias que merecen la pena ser contadas. La Luna lo sabía y disfrutaba observando desde la altura lo que ocurría en una calle donde todo el mundo cree que no pasa nada.

Bueno, la verdad es que a la Luna le encanta meter las narices en todo. A veces lo hace sin disimulo; otras, medio a escondidas, y hasta hay días en que desaparece. Pero, según cuándo y según con quién, pierde todo respeto y se asoma hacia el mundo sin ningún tipo de pudor.

Aquella noche, decidió seguir la pista de aquella extraña pareja.

¿Quiénes eran?

La gata se llamaba Marlene, y el taxizapato, C'Al-Zado.

La Luna es vieja y ha visto muchas cosas. Se dio cuenta enseguida de que en aquella calle sin nombre estaba a punto de pasar algo, y no quería perdérselo. Estaba cansada de guerras, de inundaciones, de autopistas abarrotadas, de barcos que cruzan los océanos, de ciudades hormiguero y de fuegos artificiales, así que un zapato transportando a una gata vieja era mucho más interesante.

«Esto parece de cuento», pensó la Luna despertándose de su aburrimiento. Le encantaba mirar hacia donde nadie mira, observar las cosas a las que nadie parece prestar atención, descubrir personajes inesperados, historias apasionantes, en lugares que, por no tener, no tenían ni nombre.

Y la Luna acertó.

En aquel mismo momento acababa de empezar una historia increíble entre Marlene y aquel taxizapato. La Luna no les quitó el ojo de encima, fisgoneó todo lo que pudo y no le importó desatender otras ocupaciones más importantes.

Además, a la Luna nadie le contaba nunca ningún cuento.

Y ya estaba harta.

2 *Marlene*

Al nacer, la gata Marlene era azul. De un azul celeste como el amanecer. Al hacerse mayor, su color se fue volviendo azul violeta como el crepúsculo y, cuando ya era una dama misteriosa de la calle Sin Nombre, su color era de un azul de mar nocturno, casi marino.

Eso no era lo más curioso. Lo realmente especial en ella es que nada más nacer soñó en llegar a ser una gran artista. Su dueña también lo era. Una actriz de cine, rubia como la cerveza y que fumaba unos cigarrillos con boquilla que a la pobre Marlene le molestaban un poco.

Su dueña la llevaba a los platós de cine, la estrechaba contra su pecho mientras no rodaba y la enseñaba a todo el mundo diciendo que aquella gatita azul era excepcional. Marlene tenía en casa de aquella famosa actriz un cojín de seda blanco para dormir y su dueña le daba los más deliciosos trocitos de su comida. Toda la gente decía a su alrededor que era la gatita más original que había en el mundo, que tenía el mismo color que los ojos de su dueña: azules como el cielo. Cuando empezó a maullar, dijeron que Marlene lo hacía de un modo maravilloso, que su dueña le había contagiado el arte de la escena, que tenía un encanto, una gracia y una seducción incomparables.

Fue creciendo como una princesa gatuna, sus ronroneos y sus mimos hacían las delicias de la famosa actriz de cine, que la llevaba consigo a todas las galas y fiestas a las que asistía.

Pero un buen día, sin que Marlene se diera cuenta, su dueña comenzó a no sacarla de casa. De vez en cuando, se olvidaba de mandar que le dieran de comer; empezó a viajar al extranjero sin ella y, de repente, todo el mundo pareció ignorarla...

Ella no comprendía lo que pasaba, hasta que, un día, apareció su dueña con otra gatita en los brazos. Era casi recién nacida y suave como un ovillo de lana, de lana azul, ¡claro! Marlene fue a mirarse al espejo y entonces se dio cuenta de que su color había cambiado, que no era la de antes, que aunque seguía siendo una hermosa gata, ahora su color era más bien violeta.

Aquello fue un duro golpe. Después de pensarlo largamente, decidió que tenía que abandonar aquella casa, empezar una nueva vida. Sabía cantar, sabía desenvolverse en un escenario, había tenido una magnífica maestra y había llegado la hora de independizarse y mostrar al mundo que ella también era una gran artista. No se despidió de su dueña, que la había decepcionado mucho, y se lanzó a la búsqueda de un trabajo digno de sus ambiciones. Recorrió conocidos cabarés y salas de espectáculos gatunos. Puso a su cabeza un alto precio y no accedió a trabajar más que en aquellos lugares y escenarios que le parecieron a la altura de su prestigio. Lo hizo muy bien y conoció un gran éxito como cantante y estrella en el mundo de los gatos de la gran ciudad. Sus maullidos recorrieron durante algunos años los tejados de los edificios más señoriales y tuvo a infinidad de gatos locamente enamorados a sus pies. Recibió caricias, manjares y halagos como correspondía a una gran diva y fue coronada Reina de los Tejados de la Gran Ciudad en más de una ocasión.

Pero una noche, el empresario del teatro donde actuaba, un gato siamés de color café con leche, imponente y hermoso, la llamó a su despacho:

—Marlene, hace tiempo que quería decirte una cosa, y créeme que no es fácil para mí el hacerlo... –a Marlene se le erizó la cola y sus bigotes empezaron a temblar como si tuviera frío–. No sé si te has dado cuenta de que los tiempos han cambiado mucho... Ya no se lleva la música que tú interpretas. Tu estilo ya no interesa a mis clientes, es un público muy moderno, al que le gustan otros ritmos, otras canciones... Además, tu color ya no es el de antes...

¿Qué insinuaba aquel descarado?

Marlene volvió a mirarse en el espejo, muy preocupada.

Era verdad. Su bello color azul violáceo era más oscuro, más ajado, empezaba a ser casi azul marino.

Esta vez sí que fue duro. Parecía que su estrella comenzaba a apagarse. Tuvo que reunir toda la energía que pudo para actuar en lugares más sencillos, ante un público nada selecto que no entendía su arte, y aquellos amigos que la habían adulado tanto cuando era más joven, y de otro color, fueron desapareciendo de su vida como por encanto.

Sí. Marlene había cambiado. Marlene había envejecido y nunca más volvió a mirarse en los espejos. La vida es muy dura con las gatas artistas, y mucho más si son de un color azul que va cambiando con los años.

La noche en que la Luna reparó en ella, Marlene ya no era la de antes. Su color azul ya no era ni siquiera marino, sino de un tono oscuro algo indefinido. Para entonces, ya habitaba en la calle Sin Nombre, donde nada ni nadie le recordaba los viejos tiempos en que fue famosa. Tenía que merodear lánguidamente con aires de reina destronada, buscarse la vida con dificultad, pero conservando, eso sí, su dignidad y su orgullo.

Precisamente, aquella noche en que la Luna se fijó en ella, había decidido cambiar su suerte. Era una gata luchadora, se sentía injustamente tratada por la vida y confiaba aún en su talento...

Para empezar, decidió viajar. En aquella calle Sin Nombre no tenía ningún futuro. Seguro que su público la echaba en falta; la cuestión era ir a su encuentro. En aquella calle abandonada se asfixiaba, languidecía y se moría, como todo lo que la rodeaba.

Y nada mejor para volver a saltar a la fama que viajar.

Y nada mejor para viajar como una gran dama que llamar a un taxi.

Pero el único taxi que existía en la calle Sin Nombre era un zapato.

3 C'Al-Zado, el taxizapato

C'Al-Zado era un zapato oscuro y estropeado de la calle Sin Nombre que transportaba a quien se lo pidiera con tal de poder charlar con alguien.

Él también tuvo un pasado glorioso del que ya casi ni se acordaba. Recién estrenado era un primor: cuero negro resistente pero flexible, cordones impecables, forma elegante... Llegó a ser el zapato de un representante de medicamentos que cuidaba mucho de su aspecto.

Al principio, C'Al-Zado tampoco

estaba tan solo. Tenía a su hermano, que era casi idéntico a él, con quien a veces reñía, pero al que le unía un gran cariño, como es normal entre hermanos. Juntos conocieron todos los centros de salud y hospitales de la ciudad. Caminaron por muchas calles y barrios. Viajaron en coche, en autobús y hasta en metro.

C'Al-Zado llegó a conocer algo del mundo: calles, aceras, escaleras, alfombras, moquetas, baldosas... Tuvo contacto con otros seres que le enseñaron mucho: calcetines, medias, pantalones... Y llegó a ser muy apreciado por sus parientes: sandalias, botas, playeras, mocasines...

Desgraciadamente, su vida con el representante de medicamentos no duró mucho... Un día de verano, hacía tanto

tanto calor y su dueño estaba tan tan cansado, que decidió darse un chapuzón en el mar. No le gustaba la playa, sino las rocas del litoral, donde podía bañarse aunque no llevara bañador. Aquel día se quitó los zapatos y la ropa, y los dejó en una roca antes de echarse de cabeza al agua.

En aquel momento empezaron las desgracias para el pobre C'Al-Zado. ¿Quién le iba a decir que aquel joven que era su dueño iba a ahogarse y no volvería jamás a buscarlos? Por lo visto, la causa fue un corte de digestión, y lo ingresaron en un hospital donde él solía ir a menudo a vender sus medicamentos.

El caso es que C'Al-Zado y su hermano se quedaron huérfanos. Y, lo que es peor, a merced del mar y las olas, que pronto alcanzaron la roca donde estaban ellos y el resto de la ropa del pobre representante.

El mar se lo tragó todo.

C'Al-Zado conoció de cerca los ojos de la muerte.

Sin embargo, su hora aún no había llegado, ya que, inesperadamente, se vio agarrado y arrastrado fuera del agua por una especie de gancho al que se aferró con todas sus fuerzas. Su hermano no tuvo tanta suerte y desapareció tragado por las olas.

Fue una dura experiencia.

C'Al-Zado se quedó solo y colgado de una caña de pescar ante la mirada atónita de un pescador que estaba pacíficamente instalado en las rocas. El pescador puso cara de asombro y luego cara de fastidio, pero no lo devolvió al

mar. Lo echó a una especie de escombrera que había por allí cerca.

Desde entonces, el destino del pobre C'Al-Zado fue un cúmulo de desdichas de las que no quería ni acordarse.

En el momento en que la Luna reparó en él, su vida transcurría sin pena ni gloria. En la calle Sin Nombre era muy difícil tener un trabajo: nadie necesitaba nada o, al menos, nadie le necesitaba a él. Como conocía muchas calles porque las había pateado y era un zapato con bastante memoria, se hizo *taxizapato*, un oficio que él mismo se inventó. En realidad era un personaje de muchos recursos y de gran corazón. Como muchos otros taxistas, era curioso y observador. Por eso se aburría yendo y viniendo por la calle Sin Nombre, sin nadie a quien transportar. Estaba siempre deseoso de trabajar y su servicio lo consideraba bien pagado si su cliente le daba motivo para charlar y comunicarse. Era servicial y sentimental. Ser taxizapato era un oficio que le gustaba, y mucho más si tenía que llevar a alguien tan interesante como una gata desamparada.

Por eso, cuando Marlene se le acercó pidiéndole un servicio, se puso todo contento.

—¿Adónde la llevo, señora?

4 *El mundo, una calle*

Ante la pregunta de aquel taxizapato, Marlene no dudó un instante.

—¡A ver mundo! *Bitte*! –respondió Marlene altivamente.

Era la primera vez que a C'Al-Zado le proponían algo semejante. Se sintió muy importante.

—El mundo es inmenso... Si tiene usted la amabilidad de indicarme, al menos, si tengo que dirigirme al Norte, al Sur, al Este o al Oeste...

Marlene, la gata más ilustre de la

calle Sin Nombre, no vaciló en contestar:

—¡Todo! ¡Lo quiero ver todo! ¡Ardo en deseos de viajar! ¡No perdamos el tiempo!

Y Marlene metió dentro del zapato negro una patita, luego la otra y, en un rápido gesto, las otras dos patas posteriores. De esa forma, C'Al-Zado se vio convertido en su chófer. El zapato negro, de cordones roídos, boca abierta con algunos clavos sueltos, suela agujereada, se encaminó con decisión calle arriba, con paso rápido pero prudente. Aquella noche llevaba una clienta especial, una carga frágil y delicada, mimosa y tiránica, una verdadera *vedette* que le resultaba algo conocida. Estaba nervioso, se sentía inquieto...

—¡No corra tanto, por favor! ¡No

por levantarse antes amanece más temprano! –se quejó ella imperiosamente.

Marlene se balanceaba en su medio de transporte como si llevara altísimos tacones y además no tenía casi en qué apoyarse. C'Al-Zado frenó su entusiasmo. Él también hubiera querido tener en aquellos momentos más seguridad, andar con paso calmado pero decidido y, sobre todo, ser más hermoso.

C'Al-Zado obedeció limitándose a arrastrarse con suavidad sobre un pavimento charolado por la lluvia, con el humor de los días de fiesta y un tanto azorado: nunca había llevado a una clienta a conocer el mundo.

El caso es que allí estaban los dos. En una calle sin nombre e iluminados por la Luna, compañera de viaje. Y la verdad es que el mundo puede ser muy grande o muy pequeño, muy ancho o muy estrecho, muy largo o muy corto..., todo depende de cómo lo vea uno.

—A la derecha se encuentra el bar Tertulia, lugar donde antes se podía encontrar en el suelo un cementerio de huesos de aceituna y colillas de cigarrillos. A la izquierda, usted puede contemplar la farmacia Dolorcillos, donde se compraban hasta no hace mucho tiritas, desodorantes para los pies, plantillas, callicidas... Más adelante, podemos contemplar los restos de la zapatería Paso a Paso, lugar donde yo nací, donde tenía tantos amigos...

—¡Muy interesante! –le cortó Marlene sin miramientos–. ¿Y el Palacio de la Ópera Gatuna? ¿Y las gatodiscotecas? ¿Dónde se encuentran aquí los tejados bailables?

C'Al-Zado se sintió muy confuso. Él no conocía nada de lo que aquella dama le preguntaba. ¿Óperas? ¿Teatros? ¿Discotecas? Ni en sus mejores tiempos llegó a conocer lugares como aquellos. Es más, él solía vanagloriarse de no haber bailado nunca. Siempre se las había arreglado para no pasar aquel mal rato de dar vueltas y revueltas, saltos y brincos... Él era un zapato serio, siempre lo había sido. Optimista, sí, pero no un alocado. Conocía muchos gatos, pero nunca se había interesado mucho por sus diversiones...

—Nunca lo he sabido, *Fräulein*; excede a mis conocimientos. Además, cuando hice mis estudios de guía turístico de las calles sin nombre no nos enseñaron eso. De hecho, no aprendimos casi nada... En realidad, todo lo que sé me lo ha enseñado la vida... ¡Si yo le contara!

El taxizapato quería hablar, charlar, conversar, pero, ¡uf!, Marlene no estaba para escuchar las confidencias de nadie.

—¡Ardo en deseos de conocer las cataratas del Gatiniágara, las pirámides de Gatiegipto, la muralla de Chinagat y el Partenón de Gatatenas...!

Aquello ya era otra cosa. Aquello le pareció más normal a C'Al-Zado. Hasta podía decir que conocía la forma de satisfacer los deseos de su clienta.

—¡Ah, ya! Ahora entiendo lo que quiere, *Fräulein*! Ya sé adónde llevarla.

C'Al-Zado, el taxizapato, cogió un rumbo decidido. Luego pareció dudar un momento...

—Si le parece, señora, aparcamos un momento en esta alcantarilla. Es un lugar seguro y, con un poco de suerte, puede usted comer ratoncillo crudo en salsa alcantarillosa. Yo, mientras tanto, tengo que revisar mis conocimientos callejeros. Este servicio es algo inhabitual, tiene que comprenderme...

—¡No faltaba más! Y no se preocupe por mi alimento: acabo de cenar opíparamente.

C'Al-Zado no tardó más que unos segundos en consultar la guía de calles sin nombre para taxizapatos desorientados.

—¡Ya está! ¡Estamos allí en menos que maúlla un gato, con perdón!

La llevó frente al escaparate de lo que había sido una agencia de viajes.

Aquel lugar parecía haber sido abandonado a toda prisa, como si hubiera sido desalojado sin previo aviso.

De hecho, los que antes habían trabajado allí habían olvidado hasta apagar la luz. Bajo una tenue claridad fosforescente, palmeras tropicales, playas desiertas y montañas de nieve se exponían ante sus ojos... En un póster enorme, que colgaba amarillento y torcido en la pared, las pirámides de Egipto, los rascacielos de Nueva York, las cataratas del Niágara, los leones de Kenia, los más bellos templos de Grecia, la torre Eiffel de París y la muralla china se encontraban ante sus ojos...

C'Al-Zado se paró en seco ante aquel espectáculo para que Marlene pudiera disfrutarlo a su gusto...

—¡El mundo es realmente hermoso! –suspiró la artista incomprendida–. ¡Es una pena que tanta gente no pueda conocerme!

Y se puso a maullar dulcemente una canción, con nostalgia, conteniendo las lágrimas: *Lili, Lili, Marlene...*

C'Al-Zado tuvo una especie de revelación... Aquella canción, aquella voz... ¿Aquella gata no sería tal vez...? ¡No! ¿Cómo iba a serlo? ¿O sí? ¡Desde luego, se parecía muchísimo a la famosa Gata Azul! ¿Qué había sido, en realidad, de aquella famosa cantante gatuna tan popular en sus tiempos?

Como era prudente, prefirió callarse.

Pero tuvo una idea genial.

5 *Cheshire Rock Band*

Como buen taxista, C'Al-Zado conocía todos los secretos de su calle. De repente, comprendió lo que Marlene necesitaba en aquellos momentos.

Recordó un lugar realmente pintoresco en aquel rincón del mundo...

—¡Ah, se me olvidaba! ¡Si no la he llevado al *Cheshire*! Es un lugar de esta calle que puede interesarle...

—¡Oh! ¿*Cheshire*, dice usted? Me resulta un nombre conocido... ¿De qué se trata?

—Ya lo verá usted misma, *Fräulein*.

Todos los gatos de esta zona se reúnen allí...

Y C'Al-Zado, el taxizapato, aceleró su marcha haciéndola tambalearse peligrosamente. Esta vez, Marlene no le llamó la atención. Estaba absorta en sus recuerdos. Una vez tuvo un pretendiente que se llamaba "el Gato de Cheshire". Tenía una sonrisa especial. La verdad es que cuando era más joven estaba tan absorbida por su carrera artística que dejó pasar muchas oportunidades, pensó Marlene con cierta coquetería y un poco de melancolía.

—¡Cómo no lo he recordado antes! –se quejó C'Al-Zado, desconsolado–. Creo que puede ser un lugar de su gusto. Es único en esta zona.

Se acercaron a un edificio medio derruido. Se trataba de una casa deshabitada, con el aspecto de haber sufrido tiempo atrás algún bombardeo. Los pisos conservaban todavía algunas de sus paredes, y la escalera interior permanecía aún intacta, como si fuera la columna vertebral de un animal destrozado. Del sótano del edificio en ruinas llegaban una tenue luz y el eco de una música vibrante y ruidosa.

—¿Música? –susurró Marlene, con emoción.

—¡Por supuesto! Ya le he dicho que era un lugar que podría interesarle, *Fräulein*. Si entramos por la gatera, se va a llevar una buena sorpresa... –propuso el taxizapato, situándose a la entrada de un agujero en la pared. Allí había colocado un cartel medio borroso: *Cheshire Rock Club*.

Marlene no lo dudó un instante y

se deslizó con habilidad por la entrada. A C'Al-Zado le costó más. Tuvo que encogerse y alargarse, arrugarse y magullarse, pero no quiso perder de vista a Marlene.

La siguió hasta un local realmente original: allí estaba actuando un grupo de música, un grupo de *rock*. Tanto los músicos como los espectadores eran gatos, de todos los tamaños y pelajes, de todas las edades y condición: un verdadero mundo escondido e inesperado.

—¡Oh, esto es una maravilla! –exclamó Marlene, saltando del taxizapato al suelo con urgencia–. ¡Esto es más de lo que soñaba! ¡Oh, usted ha adivinado que mi pasión es la música!

Dejar a C'Al-Zado y acercarse hacia

el escenario fue todo uno. Parecía hipnotizada, como si alguien desde allí tirase de ella...

Pegado a la puerta, en silencio y casi a escondidas, C'Al-Zado sintió una emoción muy grande. Ya no tenía ninguna duda: era ELLA, la famosa Gata Azul.

En el *Cheshire* la música lo invadía todo.

El escenario parecía que iba a resquebrajarse de un momento a otro: un gato estaba tocando la batería con fervor, otro tocaba el bajo, dos más se contorsionaban con sus guitarras, y otro felino, totalmente concentrado, golpeaba frenéticamente un piano con sus patas delanteras...

Marlene se subió al piano y empezó a cantar.

Era inevitable. Las artistas no pueden ir en contra de sus pasiones.

El grupo de *rock* tomó un nuevo impulso con aquella gata espontánea que se había sumado a la fiesta. Todo comenzó a vibrar en el *Cheshire*: maullaban los espectadores enardecidos, se contorsionaban, aplaudían, pedían más y, luego, más y más...

Marlene pudo cantar algunas de sus canciones preferidas: *Yo no te daré gato por liebre, Más vidas que un gato, Gatea, gatea, my love, Aquí hay más de cuatro gatos....*

Una noche increíble. Una verdadera fiesta. Un éxito total...

De repente, todo terminó: la música, las voces, los aplausos...

La causa de aquel cambio cogió a la pobre Marlene completamente desprevenida.

6 ¡Sálvese quien pueda!

Exhausta y emocionada, a Marlene le costó entender lo que estaba ocurriendo. Cesó de golpe la música. Los aplausos y el griterío se convirtieron en maullidos sofocados y angustiosos; las risas, en lamentaciones. Marlene miró a su alrededor como si despertara de un sueño y vio que los gatomúsicos estaban recogiendo sus instrumentos y emprendían la huida como si hubiese fuego. Entre los gatos espectadores cundió el pánico; se abalanzaron contra la entrada de la gatera como si les persiguiera el mismo diablo. Y en un santiamén, solo quedó el piano abandonado en el escenario.

¿Hay algo más triste que un piano cerrado y callado?

Sí: una gata subida a él que mira a su alrededor sin saber qué hacer.

—Pero... ¿qué es lo que está pasando?

Saltó a tierra sin entender lo que ocurría. Corrió de aquí para allí como hacían los demás, pero sin saber por qué. Hasta que percibió nítidamente unos ladridos furiosos, y entonces todos los pelos se le erizaron... ¡Perros!

La pobre Marlene fue zarandeada, empujada y arrastrada sin ningún miramiento. Y no se sabe qué habría sido de ella si C'Al-Zado no hubiera estado allí para rescatarla.

—¡*Fräulein*, suba enseguida! ¡Huyamos!

—¿Pero qué pasa? –preguntó ella, casi asfixiada.

—¿No oye usted los ladridos? ¡Son los perros callejeros!

Efectivamente. Esa era una de las cosas fastidiosas que pasaban en la calle Sin Nombre y que Marlene desconocía. Los perros vagabundos de la calle Sin Nombre también tenían allí la vida difícil, realmente difícil. Y aunque los gatos no eran precisamente un plato de su gusto, siempre se les podía dar una buena dentellada. Lo mismo pensaban los gatos de cualquier pajarillo un poco despistado que encontraban, y los pajaritos de los gusanos, pero a los gatos nunca se les hubiera ocurrido interrumpir un concierto de *rock and roll*.

Eran mucho más considerados con el arte.

Para Marlene, los perros vagabundos eran lo peor de este mundo: animales sin sensibilidad, egoístas y voraces. Invadían, sin ningún miramiento, el mundo de los gatos, poniendo en peligro su supervivencia. No respetaban ni la música, y mucho menos los locales de diversión.

De todas formas, aquella noche hubo suerte. Los perros solo buscaban un lugar de reunión. Como tenían espíritu de grupo, habían convocado una Asamblea de Perros Rabiosos y Ofendidos para buscar alguna solución a sus problemas: qué comer, dónde cobijarse, cómo sobrevivir...

Y para ello necesitaban al menos un

local. Y qué mejor para ello que el *Cheshire*, un lugar resguardado.

Mientras C'Al-Zado trataba de explicarle todo aquello a Marlene, la jauría de perros no dejaba de ahuyentar a los pobres gatos con el más efectivo de sus métodos: perseguirlos ladrando a voz en grito, las fauces bien abiertas, los ojos desorbitados. Una situación de espanto.

Apretujados contra la gatera, todos los gatos querían ser los primeros en salir de aquella especie de trampa.

—¡Groseros! Maleducados! ¡Un poco de respeto! –protestaba Marlene.

Pero en aquella situación nadie estaba para contemplaciones. C'Al-Zado, mudo y sufrido, se dejó pisotear, aplastar, maltratar por todas aquellas patas que corrían más veloces que él y con-

seguían escabullirse de aquel club por una entrada bien estrecha. Alrededor, los perros callejeros, vociferantes y rabiosos, resolvían a dentelladas cualquier protesta que viniera de los pocos gatos que osaban enfrentarse a ellos.

En cuanto consiguieron salir del *Cheshire*, el taxizapato y Marlene tomaron una dirección sin rumbo, la adecuada para poner distancias y coger de nuevo aliento...

—¡Debo agradecerle que me haya salvado la vida! ¡Estaba tan concentrada en mi arte, que no me he dado cuenta de lo que ocurría! –le susurró la gata azul a C'Al-Zado frotando ligeramente su cabeza contra la suela del taxizapato.

Él sintió un escalofrío extraño. Consideró que aquel gesto le daba permiso para hablar abiertamente a su clienta.

—No me había atrevido a decírselo hasta ahora, pero la he reconocido enseguida: es usted la famosa Gata Azul, ¿verdad?

7 *¡Hasta mañana!*

A Marlene no pareció importarle el saberse descubierta.

—La más azul de las gatas azules, sí. Pero guarde usted discreción.

—¡Por supuesto, *Fräulein*!

—Normalmente no suelo salir a estas horas, tengo que cuidar mi voz...

—Lo comprendo.

—¡Aunque ha sido una noche emocionante! –añadió Marlene, acicalándose como pudo el pelaje y meneando la cabeza como si quisiera alejar de sí los restos del pánico que había sentido.

C'Al-Zado también se sentía exhausto pero feliz, casi envalentonado.

Había sido una noche muy especial. Si había salido vivo de aquella aventura, quería decir que aún tenía resistencia para rato. Además, había presenciado uno de aquellos espectáculos que a cualquier otro viejo zapato le habría parecido imposible: escuchar en directo a la famosa Gata Azul.

Se pusieron en camino. Muy lentamente y en silencio. Marlene iba tiesa y altiva en su taxizapato. C'Al-Zado, atento a la calle, concentrado en terminar bien su trabajo, la transportaba con delicadeza.

—¡Ha sido una *tournée* estupenda! –exclamó el taxizapato al llegar a su punto de partida.

—¡Me gustaría volver algún día!

–respondió ella sin pensarlo dos veces–. ¡Es una pena que tanta gente de este mundo no sepa lo maravillosa que soy...! ¿No le parece?

C'Al-Zado, ya locamente enamorado, no dudó en consolarla:

—¡Cualquier día volverá a triunfar, *Fräulein* Marlene! Estoy casi seguro de que le esperan maravillosas aventuras, nuevos amores, experiencias estupendas...

—¿Usted cree...?

Marlene se dejaba acariciar por las palabras de su taxizapato.

—Además, ustedes los gatos siempre tienen buena fortuna –añadió C'Al-Zado vehementemente–. Tienen siete vidas, que es ya una gran ventaja... ¿No le parece?

Marlene sonrió con complacencia.

Aquello era exactamente lo que necesitaba oír.

—Tiene usted mucha razón. Por eso me gusta venir de antemano a ver los sitios a los que tengo que viajar. Y si puedo ejercitarme un poco ante el público, mucho mejor. El éxito me tiene que coger preparada. ¡Son tantos países, tantos lugares exóticos los que tengo que conocer! Una necesita tiempo para prepararse; mi público se merece lo mejor.

—Puede usted contar con mis servicios.

—Entonces, ¿no le importa si volvemos cualquier otro día? –y Marlene, sin darle tiempo a responder a C'Al-Zado, añadió–: ¿Mañana, a esta hora?

—¡No faltaré! ¡Es un honor para mí!

—¡Cuidadito con avisar a la prensa,

a la tele y a las radios! ¡Voy de incógnito! –puntualizó Marlene, antes de bajarse del taxizapato.

—¡A sus pies, *Fräulein* Marlene! ¡Hasta mañana!

—¡Hasta mañana *mein lieber*!

¡Querido! Marlene le había llamado *querido*! El taxizapato se sintió exaltado, muy ilusionado. Se perdió por la calle a saltitos, como un zapato locamente enamorado.

La Luna, en el cielo, se sonrió divertida.

A la Luna siempre le gustaban las historias, y si eran historias de amor, mucho más. Un amor que empezara y terminara cada día, un amor imposible. En la calle Sin Nombre todo el mundo

tenía un pasado, pero muy pocos un futuro, y Marlene y C'Al-Zado eran una excepción. Sabía que aquel cuento continuaría al día siguiente y hasta quizá tendría un final feliz. Desde aquel día seguiría la pista de aquel par de chorlitos; no estaba dispuesta a irse a dormir sin saber cómo era el próximo capítulo.

Y bostezando, se dispuso a dormir tranquilamente.

Había sido una noche bien interesante.

¡Hasta mañana!

Índice

1 La Luna y la calle sin nombre 5
2 Marlene 13
3 C'Al-Zado, el taxizapato 23
4 El mundo, una calle 31
5 Cheshire Rock Band 43
6 ¡Sálvese quien pueda! 53
7 ¡Hasta mañana! 63

Si te ha gustado este libro, también te gustarán:

La pulga Rusika, de Mariasun Landa

El Barco de Vapor (Serie Azul), núm. 97

La pulga Rusika sueña con ser bailarina. Y para aprender a bailar, nada mejor que ir a Rusia. Así que se pone en camino y, durante el viaje, recorre varios países, conoce a personajes pintorescos y vive un montón de divertidas aventuras.

Julieta, Romeo y los ratones, de Mariasun Landa

El Barco de Vapor (Serie Azul), núm. 103

Los ratones viven en un paraíso. ¿Qué es el paraíso para un ratón? Comer tarta y bailar el *rock.* Pero, de repente, el paraíso se convierte en un infierno. Y... ¿qué es el infierno? Conocer los dulces y hacer dieta luego.

¡Atrapados por los piratas!, de Mary Pope Osborne

El Barco de Vapor (Serie Azul / La Casa Mágica del Árbol), núm. 4

Jack y Annie encuentran una escalera de cuerda apoyada en el tronco de un grueso roble. Y arriba, en la copa, una casa de madera llena de libros. ¿Qué secreto esconderá? De pronto, un loro se pone a hablar con ellos...

EL BARCO DE VAPOR

SERIE AZUL (a partir de 7 años)

1 / Consuelo Armijo, **El Pampinoplas**
2 / Carmen Vázquez-Vigo, **Caramelos de menta**
4 / Consuelo Armijo, **Aniceto, el vencecanguelos**
5 / María Puncel, **Abuelita Opalina**
6 / Pilar Mateos, **Historias de Ninguno**
7 / René Escudié, **Gran-Lobo-Salvaje**
10 / Pilar Mateos, **Jeruso quiere ser gente**
11 / María Puncel, **Un duende a rayas**
12 / Patricia Barbadillo, **Rabicún**
13 / Fernando Lalana, **El secreto de la arboleda**
14 / Joan Aiken, **El gato Mog**
15 / Mira Lobe, **Ingo y Drago**
16 / Mira Lobe, **El rey Túnix**
17 / Pilar Mateos, **Molinete**
18 / Janosch, **Juan Chorlito y el indio invisible**
19 / Christine Nöstlinger, **Querida Susi, querido Paul**
20 / Carmen Vázquez-Vigo, **Por arte de magia**
23 / Christine Nöstlinger, **Querida abuela... Tu Susi**
24 / Irina Korschunow, **El dragón de Jano**
28 / Mercè Company, **La reina calva**
29 / Russell E. Erickson, **El detective Warton**
30 / Derek Sampson, **Más aventuras de Gruñón y el mamut peludo**
31 / Elena O'Callaghan i Duch, **Perrerías de un gato**
34 / Jürgen Banscherus, **El ratón viajero**
35 / Paul Fournel, **Supergato**
36 / Jordi Sierra i Fabra, **La fábrica de nubes**
37 / Ursel Scheffler, **Tintof, el monstruo de la tinta**
39 / Manuel L. Alonso, **La tienda mágica**
40 / Paloma Bordons, **Mico**
41 / Hazel Townson, **La fiesta de Víctor**
42 / Christine Nöstlinger, **Catarro a la pimienta (y otras historias de Franz)**
44 / Christine Nöstlinger, **Mini va al colegio**
45 / Russell Hoban, **Jim Glotón**
46 / Anke de Vries, **Un ladrón debajo de la cama**
47 / Christine Nöstlinger, **Mini y el gato**
48 / Ulf Stark, **Cuando se estropeó la lavadora**
49 / David A. Adler, **El misterio de la casa encantada**
50 / Andrew Matthews, **Ringo y el vikingo**
51 / Christine Nöstlinger, **Mini va a la playa**
52 / Mira Lobe, **Más aventuras del fantasma de palacio**
53 / Alfredo Gómez Cerdá, **Amalia, Amelia y Emilia**
54 / Erwin Moser, **Los ratones del desierto**
55 / Christine Nöstlinger, **Mini en carnaval**
56 / Miguel Ángel Mendo, **Blink lo lía todo**
57 / Carmen Vázquez-Vigo, **Gafitas**
58 / Santiago García-Clairac, **Maxi el aventurero**
59 / Dick King-Smith, **¡Jorge habla!**
60 / José Luis Olaizola, **La flaca y el gordo**
61 / Christine Nöstlinger, **¡Mini es la mejor!**
62 / Burny Bos, **¡Sonría, por favor!**
63 / Rindert Kromhout, **El oso pirata**
64 / Christine Nöstlinger, **Mini, ama de casa**
65 / Christine Nöstlinger, **Mini va a esquiar**
66 / Christine Nöstlinger, **Mini y su nuevo abuelo**
67 / Ulf Stark, **¿Sabes silbar, Johanna?**
68 / Enrique Páez, **Renata y el mago Pintón**
69 / Jürgen Banscherus, **Kiatoski y el robo de los chicles**
70 / Jurij Brezan, **El gato Mikos**
71 / Michael Ende, **La sopera y el cazo**
72 / Jürgen Banscherus, **Kiatoski y la desaparición de los patines**
73 / Christine Nöstlinger, **Mini, detective**
74 / Emili Teixidor, **La amiga más amiga de la hormiga Miga**
75 / Joel Franz Rosell, **Vuela, Ertico, vuela**
76 / Jürgen Banscherus, **Kiatoski y el caso del tiovivo azul**
77 / Bernardo Atxaga, **Shola y los leones**
78 / Roald Dahl, **El vicario que hablaba al revés`**
79 / Santiago García-Clairac, **Maxi y la banda de los Tiburones**
80 / Christine Nöstlinger, **Mini no es una miedica**
81 / Ulf Nilsson, **¡Cuidado con los elefantes!**
82 / Jürgen Banscherus, **Kiatoski: Goles, trucos y matones**
83 / Ulf Nilsson, **El aprendiz de mago**
84 / Anne Fine, **Diario de un gato asesino**
85 / Jürgen Banscherus, **Kiatoski y el circo maldito**
86 / Emili Teixidor, **La hormiga Miga se desmiga**

87 / *Rafik Schami*, **¡No es un papagayo!**
88 / *Tino*, **El cerdito Menta**
89 / *Erich Kästner*, **El teléfono encantado**
90 / *Ulf Stark*, **El club de los corazones solitarios**
91 / *Consuelo Armijo*, **Los batautos**
92 / *Dav Pilkey*, **Las aventuras del Capitán Calzoncillos**
93 / *Anna-Karin Eurelius*, **Los parientes de Julián**
94 / *Agustín Fernández Paz*, **Las hadas verdes**
95 / *Carmen Vázquez Vigo*, **Mister Pum**
96 / *Gonzalo Moure*, **El oso que leía niños**
97 / *Mariasun Landa*, **La pulga Rusika**
98 / *Dav Pilkey*, **El Capitan Calzoncillos y el ataque de los retretes parlantes**
99 / *Consuelo Armijo*, **Más batautos**
100 / *Varios*, **Cuentos azules**
101 / *Joan Manuel Gisbert*, **Regalos para el rey del bosque**
102 / *Alfredo Gómez-Cerdá*, **Cerote, el rey del gallinero**
103 / *Mariasun Landa*, **Julieta, Romeo y los ratones**
104 / *Emili Teixidor*, **Cuentos de intriga de la hormiga Miga**
105 / *Gloria Sánchez*, **Chinto y Tom**
106 / *Bernardo Atxaga*, **Shola y los jabalíes**
107 / *Dav Pilkey*, **Las aventuras del Capitán Calzoncillos y la invasión de los pérfidos tiparracos del espacio**
108 / *Ian Whybrow*, **Lobito aprende a ser malo**
109 / *Dav Pilkey*, **Las aventuras del Capitán Calzoncillos y el perverso plan del profesor Pipicaca**
110 / *Erwin Moser*, **El ratón, el sapo y el cerdo**
111 / *Gabriela Rubio*, **La bruja Tiburcia**
112 / *Santiago García Clairac*, **Maxi presidente**

EL BARCO DE VAPOR

SERIE NARANJA (a partir de 9 años)

1 / Otfried Preussler, **Las aventuras de Vania el forzudo**
2 / Hilary Ruben, **Nube de noviembre**
3 / Juan Muñoz Martín, **Fray Perico y su borrico**
4 / María Gripe, **Los hijos del vidriero**
6 / François Sautereau, **Un agujero en la alambrada**
7 / Pilar Molina Llorente, **El mensaje de maese Zamaor**
8 / Marcelle Lerme-Walter, **Los alegres viajeros**
10 / Hubert Monteilhet, **De profesión, fantasma**
13 / Juan Muñoz Martín, **El pirata Garrapata**
15 / Eric Wilson, **Asesinato en el «Canadian Express»**
16 / Eric Wilson, **Terror en Winnipeg**
17 / Eric Wilson, **Pesadilla en Vancúver**
18 / Pilar Mateos, **Capitanes de plástico**
19 / José Luis Olaizola, **Cucho**
20 / Alfredo Gómez Cerdá, **Las palabras mágicas**
21 / Pilar Mateos, **Lucas y Lucas**
26 / Rocío de Terán, **Los mifenses**
27 / Fernando Almena, **Un solo de clarinete**
28 / Mira Lobe, **La nariz de Moritz**
30 / Carlo Collodi, **Pipeto, el monito rosado**
34 / Robert C. O'Brien, **La señora Frisby y las ratas de Nimh**
37 / María Gripe, **Josefina**
38 / María Gripe, **Hugo**
39 / Cristina Alemparte, **Lumbánico, el planeta cúbico**
44 / Lucía Baquedano, **Fantasmas de día**
45 / Paloma Bordons, **Chis y Garabís**
46 / Alfredo Gómez Cerdá, **Nano y Esmeralda**
49 / José A. del Cañizo, **Con la cabeza a pájaros**
50 / Christine Nöstlinger, **Diario secreto de Susi. Diario secreto de Paul**
52 / José Antonio Panero, **Danko, el caballo que conocía las estrellas**
53 / Otfried Preussler, **Los locos de Villasimplona**
54 / Terry Wardle, **La suma más difícil del mundo**
55 / Rocío de Terán, **Nuevas aventuras de un mifense**
61 / Juan Muñoz Martín, **Fray Perico en la guerra**
64 / Elena O'Callaghan i Duch, **Pequeño Roble**
65 / Christine Nöstlinger, **La auténtica Susi**
67 / Alfredo Gómez Cerdá, **Apareció en mi ventana**
68 / Carmen Vázquez-Vigo, **Un monstruo en el armario**
69 / Joan Armengué, **El agujero de las cosas perdidas**
70 / Jo Pestum, **El pirata en el tejado**
71 / Carlos Villanes Cairo, **Las ballenas cautivas**
72 / Carlos Puerto, **Un pingüino en el desierto**
73 / Jerome Fletcher, **La voz perdida de Alfreda**
76 / Paloma Bordons, **Érame una vez**
77 / Llorenç Puig, **El moscardón inglés**
79 / Carlos Puerto, **El amigo invisible**
80 / Antoni Dalmases, **El vizconde menguante**
81 / Achim Bröger, **Una tarde en la isla**
83 / Fernando Lalana y José María Almárcegui, **Silvia y la máquina Qué**
84 / Fernando Lalana y José María Almárcegui, **Aurelio tiene un problema gordísimo**
85 / Juan Muñoz Martín, **Fray Perico, Calcetín y el guerrillero Martín**
87 / Dick King-Smith, **El caballero Tembleque**
88 / Hazel Townson, **Cartas peligrosas**
89 / Ulf Stark, **Una bruja en casa**
90 / Carlos Puerto, **La orquesta subterránea**
91 / Monika Seck-Agthe, **Félix, el niño feliz**
92 / Enrique Páez, **Un secuestro de película**
93 / Fernando Pulin, **El país de Kalimbún**
94 / Braulio Llamero, **El hijo del frío**
95 / Joke van Leeuwen, **El increíble viaje de Desi**
96 / Torcuato Luca de Tena, **El fabricante de sueños**
97 / Guido Quarzo, **Quien encuentra un pirata, encuentra un tesoro**
98 / Carlos Villanes Cairo, **La batalla de los árboles**
99 / Roberto Santiago, **El ladrón de mentiras**
100 / Varios, **Un barco cargado de... cuentos**
101 / Mira Lobe, **El zoo se va de viaje**
102 / M. G. Schmidt, **Un vikingo en el jardín**

103 / *Fina Casalderrey*, **El misterio de los hijos de Lúa**
104 / *Uri Orlev*, **El monstruo de la oscuridad**
105 / *Santiago García-Clairac*, **El niño que quería ser Tintín**
106 / *Joke Van Leeuwen*, **Bobel quiere ser rica**
107 / *Joan Manuel Gisbert*, **Escenarios fantásticos**
108 / *M. B. Brozon*, **¡Casi medio año!**
109 / *Andreu Martín*, **El libro de luz**
110 / *Juan Muñoz Martín*, **Fray Perico y Monpetit**
111 / *Christian Bieniek*, **Un polizón en la maleta**
112 / *Galila Ron-Feder*, **Querido yo**
113 / *Anne Fine*, **Cómo escribir realmente mal**
114 / *Hera Lind*, **Papá por un día**
115 / *Hilary Mckay*, **El perro Viernes**
116 / *Paloma Bordons*, **Leporino Clandestino**
117 / *Juan Muñoz Martín*, **Fray Perico en la paz**
118 / *David Almond*, **En el lugar de las alas**
119 / *Santiago García-Clairac*, **El libro invisible**
120 / *Roberto Santiago*, **El empollón, el cabeza cuadrada, el gafotas y el pelmazo**
121 / *Joke van Leeuwen*, **Una casa con siete habitaciones**
122 / *Renato Giovannoli*, **Misterio en Villa Jamaica**
123 / *Miguel Ángel Moleón*, **El rey Arturo cabalga de nuevo, más o menos**
124 / *José Luis Alonso de Santos*, **¡Una de piratas!**
125 / *Thomas Winding*, **Mi perro Míster**
126 / *Michael Ende*, **El secreto de Lena**
127 / *Juan Muñoz Martín*, **El pirata Garrapata en la India**
128 / *Paul Zindel*, **El club de los coleccionistas de noticias**
129 / *Gilberto Rendón Ortiz*, **Los cuatro amigos de siempre**
130 / *Christian Bieniek*, **¡Socorro, tengo un caballo!**
131 / *Fina Casalderrey*, **El misterio del cementerio viejo**
132 / *Christine Nöstlinger*, **Simsalabim**
133 / *Santiago García-Clairac*, **El rey del escondite**
134 / *Carlo Frabetti*, **El vampiro vegetariano**
135 / *Angela Nanetti*, **Mi abuelo era un cerezo**
136 / *Gudrun Pausewang*, **Descalzo por la ciudad**
137 / *Patrick Modiano*, **Los mundos de Catalina**
138 / *Joan Manuel Gisbert*, **El mensaje de los pájaros**
139 / *Anne Fine*, **Caca de vaca**
140 / *Avi*, **La rata de Navidad**
141 / *Ignacio Padilla*, **Los papeles del dragón típico**
142 / *Ulf Stark*, **La visita del jeque**
143 / *Alfredo Gómez Cerdá*, **La noche de la ciudad mágica**
144 / *Agustín Fernández Paz*, **Avenida del Parque 17**
145 / *Ghazi Abdel-Qadir*, **El regalo de la abuela Sara**
146 / *Marie Desplechin*, **¡Por fin bruja!**
147 / *Emili Teixidor*, **La vuelta al mundo de la hormiga Miga**
148 / *Paloma Bordons*, **Cleta**